藪の中

芥川龍之介 + おく

初出：「新潮」1922年1月

芥川龍之介

明治25年（1892年）生まれ。東大英文科卒。大学在学中に菊池寛らと第三次『新思潮』を創刊、第四次『新思潮』に「鼻」を発表し夏目漱石にその才能を認められる。代表作に「羅生門」、「蜘蛛の糸」など。死後、菊池寛により芥川賞が設けられた。「乙女の本棚」シリーズでは本作のほかに、『蜜柑』（芥川龍之介＋げみ）、『春の心臓』（イェイツ（芥川龍之介訳）＋ホノジロトヲジ）がある。

おく

和のモチーフを独特な感性で描く大迫力の作品で人気を集めるイラストレーター・漫画家。2022年大河ドラマ『鎌倉殿の13人』公式サイトのイラストを担当したことでも話題を集めた。著書に『梅花の想ひ人』、『翳色　おく作品集ILLUSTRATION MAKING & VISUAL BOOK』、『SAMURA』がある。

検非違使《けびいし》に問われたる木樵《きこ》りの物語

さようでございます。あの死骸《しがい》を見つけたのは、わたしに違いございません。わたしは今朝《けさ》いつもの通り、裏山の杉を伐《き》りに参りました。すると山陰《やまかげ》の藪《やぶ》の中に、あの死骸があったのでございます。あった処でございますか？ それは山科《やましな》の駅路からは、四五町ほど隔たって居りましょう。竹の中に痩《や》せ杉の交《まじ》った、人気《ひとけ》のない所でございます。

死骸は縹《はなだ》の水干《すいかん》に、都風《みやこふう》のさび烏帽子《えぼし》をかぶったまま、仰向《あおむ》けに倒れて居りました。何しろ一刀《ひとかたな》とは申すものの、胸もとの突き傷でございますから、死骸のまわりの竹の落葉は、蘇芳《すおう》に滲《し》みたようでございます。いえ、血はもう流れては居りません。傷口も乾《かわ》いて居ったようでございます。おまけにそこには、馬蝿《うまばえ》が一匹、わたしの足音も聞えないように、べったり食いついて居りましたっけ。

太刀《たち》か何かは見えなかったか？　いえ、何もございません。ただその側の杉の根がたに、縄《なわ》が一筋落ちて居りました。それから、――そうそう、縄のほかにも櫛《くし》が一つございました。死骸のまわりにあったものは、この二つぎりでございます。が、草や竹の落葉は、一面に踏み荒されて居りましたから、きっとあの男は殺される前に、よほど手痛い働きでも致したのに違いございません。何、馬はいなかったか？　あそこは一体馬なぞには、はいれない所でございます。何しろ馬の通《かよ》う路とは、藪一つ隔たって居りますから。

検非違使に
問われたる
旅《たび》法師《ほうし》の物語

あの死骸の男には、確かに昨日《きのう》遇《あ》って居ります。昨日の、——さあ、午頃《ひるごろ》でございましょう。場所は関山《せきやま》から山科《やましな》へ、参ろうと云う途中でございます。あの男は馬に乗った女と一しょに、関山の方へ歩いて参りました。女は牟子《むし》を垂れて居りましたから、顔はわたしにはわかりません。見えたのはただ萩重《はぎがさ》ねらしい、衣《きぬ》の色ばかりでございます。馬は月毛《つきげ》の、——確か法師髪《ほうしがみ》の馬のようでございました。丈《たけ》でございますか？ 丈は四寸《よき》もございましたか？——何しろ沙門《しゃもん》の事でございますから、その辺ははっきり存じません。男は、——いえ、太刀《たち》も帯びて居《お》れば、弓矢も携《たずさ》えて居りました。殊に黒い塗《ぬ》り箙《えびら》へ、二十あまり征矢《そや》をさしたのは、ただ今でもはっきり覚えて居ります。

あの男がかようになろうとは、夢にも思わずに居りましたが、真《まこと》に人間の命なぞは、如露亦如電《にょろやくにょでん》に違いございません。やれやれ、何とも申しようのない、気の毒な事を致しました。

検非違使に問われたる放免《ほうめん》の物語

わたしが搦《から》め取った男でございますか？ これは確かに多《た》襄丸《じょうまる》と云う、名高い盗人《ぬすびと》でございます。もっともわたしが搦《から》め取った時には、馬から落ちたのでございましょう、粟《あわ》田口《だぐち》の石橋《いしばし》の上に、うんうん呻《うな》って居りました。時刻でございますか？ 時刻は昨夜《さくや》の初更《しょこう》頃でございます。いつぞやわたしが捉《とら》え損じた時にも、やはりこの紺《こん》の水干《すいかん》に、打《うち》出《だ》しの太刀《たち》を佩《は》いて居りました。ただ今はそのほかにも御覧の通り、弓矢の類さえ携《たずさ》えて居ります。さようでございますか？　あの死骸の男が持っていたのも、——では人殺しを働いたのは、この多襄丸に違いございません。革《かわ》を巻いた弓、黒塗りの箙《えびら》、鷹《たか》の羽の征矢《そ》《や》が十七本、——これは皆、あの男が持っていたものでございましょう。はい。馬もおっしゃる通り、法師髪《ほうしがみ》の月毛《つきげ》でございます。その畜生《ちくしょう》に落されるとは、何かの因縁《いんねん》に違いございません。それは石橋の少し先に、長い端綱《はづな》を引いたまま、路ばたの青芒《あおすすき》を食って居りました。

この多襄丸《たじょうまる》と云うやつは、洛中《らくちゅう》に徘徊する盗人の中でも、女好きのやつでございます。昨年の秋鳥部寺《とりべでら》の賓頭盧《びんずる》の後《うしろ》の山に、物詣《ものもう》でに来たらしい女房が一人、女《め》の童《わらわ》と一しょに殺されていたのは、こいつの仕《し》業《わざ》だとか申して居りました。その月毛に乗っていた女も、こいつがあの男を殺したとなれば、どこへどうしたかわかりません。差出《さしで》がましゅうございますが、それも御詮議《ごせんぎ》下さいまし。

検非違使に
問われたる
嫗《おうな》の物語

はい、あの死骸は手前の娘が、片附《かたづ》いた男でございます。が、都のものではございません。若狭《わかさ》の国府《こくふ》の侍でございます。名は金沢《かなざわ》の武弘、年は二十六歳でございました。いえ、優しい気《き》立《だて》でございますから、遺恨《いこん》なぞ受ける筈はございません。

娘でございますか？　娘の名は真砂《まさご》、年は十九歳でございます。これは男にも劣らぬくらい勝気の女でございますが、まだ一度も武弘のほかには、男を持った事はございません。顔は色の浅黒い、左の眼尻《めじり》に黒子《ほくろ》のある、小さい瓜実顔《うりざねがお》でございます。

武弘は昨日《きのう》娘と一しょに、若狭へ立ったのでございますが、こんな事になりますとは、何と云う因果でございましょう。しかし娘はどうなりましたやら、壻《むこ》の事はあきらめましても、これだけは心配でなりません。どうかこの姥《うば》が一生のお願いでございますから、たとい草木《くさき》を分けましても、娘の行方《ゆくえ》をお尋ね下さいまし。何に致せ憎いのは、その多襄丸《たじょうまる》とか何とか申す、盗人《ぬすびと》のやつでございます。壻ばかりか、娘までも……（跡は泣き入りて言葉なし）

×　×　×

多襄丸《たじょうまる》の白状

あの男を殺したのはわたしです。しかし女は殺しはしません。ではどこへ行ったのか？　それはわたしにもわからないのです。まあ、お待ちなさい。いくら拷問《ごうもん》にかけられても、知らない事は申されますまい。その上わたしもこうなれば、卑怯《ひきょう》な隠し立てはしないつもりです。

わたしは昨日《きのう》の午《ひる》少し過ぎ、あの夫婦に出会いました。その時風の吹いた拍子《ひょうし》に、牟子《むし》の垂絹《たれぎぬ》が上ったものですから、ちらりと女の顔が見えたのです。

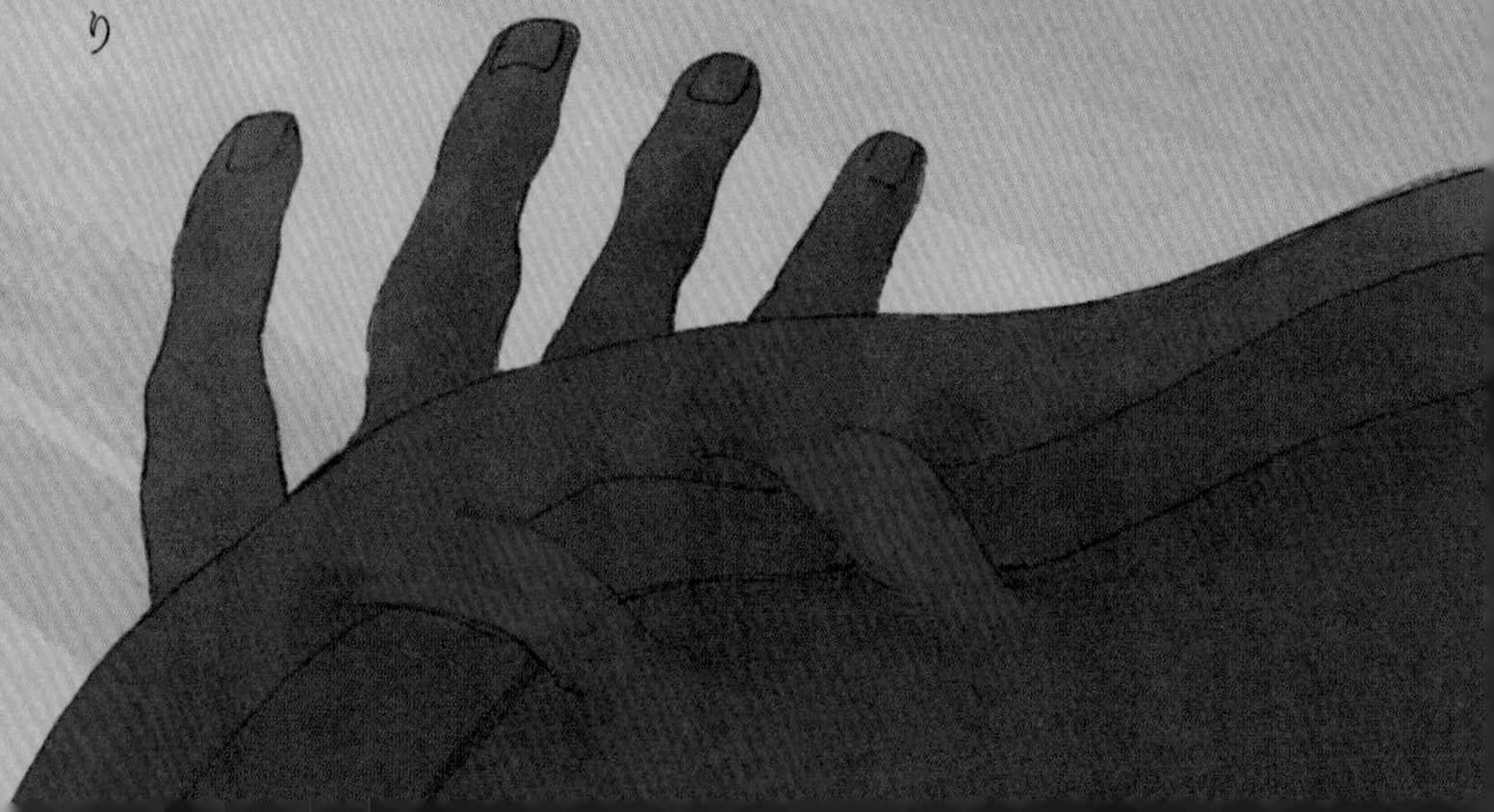

ちらりと、——見えたと思う瞬間には、もう見えなくなったのですが、一つにはそのためもあったのでしょう、わたしにはあの女の顔が、女菩薩《にょぼさつ》のように見えたのです。わたしはその咄嗟《とっさ》の間《あいだ》に、たとい男は殺しても、女は奪おうと決心しました。

何、男を殺すなぞは、あなた方の思っているように、大した事ではありません。どうせ女を奪《うば》うとなれば、必ず、男は殺されるのです。ただわたしは殺す時に、腰の太刀《たち》を使うのですが、あなた方は太刀は使わない、ただ権力で殺す、金で殺す、どうかするとおためごかしの言葉だけでも殺すでしょう。なるほど血は流れない、男は立派《りっぱ》に生きている、——しかしそれでも殺したのです。罪の深さを考えて見れば、あなた方が悪いか、わたしが悪いか、どちらが悪いかわかりません。（皮肉なる微笑）

しかし男を殺さずとも、女を奪う事が出来れば、別に不足はない訳です。いや、その時の心もちでは、出来るだけ男を殺さずに、女を奪おうと決心したのです。が、あの山科《やましな》の駅路では、とてもそんな事は出来ません。そこでわたしは山の中へ、あの夫婦をつれこむ工夫《くふう》をしました。

これも造作《ぞうさ》はありません。わたしはあの夫婦と途《みち》づれになると、向うの山には古塚《ふるづか》がある、この古塚を発《あば》いて見たら、鏡や太刀《たち》が沢山出た、わたしは誰も知らないように、山の陰の藪《やぶ》の中へ、そう云う物を埋《うず》めてある、もし望み手があるならば、どれでも安い値に売り渡したい、――と云う話をしたのです。男はいつかわたしの話に、だんだん心を動かし始めました。それから、――どうです。欲と云うものは恐しいではありませんか？　それから半時《はんとき》もたたない内に、あの夫婦はわたしと一しょに、山路《やまみち》へ馬を向けていたのです。

わたしは藪《やぶ》の前へ来ると、宝はこの中に埋めてある、見に来てくれと云いました。男は欲に渇《かわ》いていますから、異存《いぞん》のある筈はありません。が、女は馬も下りずに、待っていると云うのです。またあの藪の茂っているのを見ては、そう云うのも無理はありますまい。わたしはこれも実を云えば、思う壺にはまったのですから、女一人を残したまま、男と藪の中へはいりました。

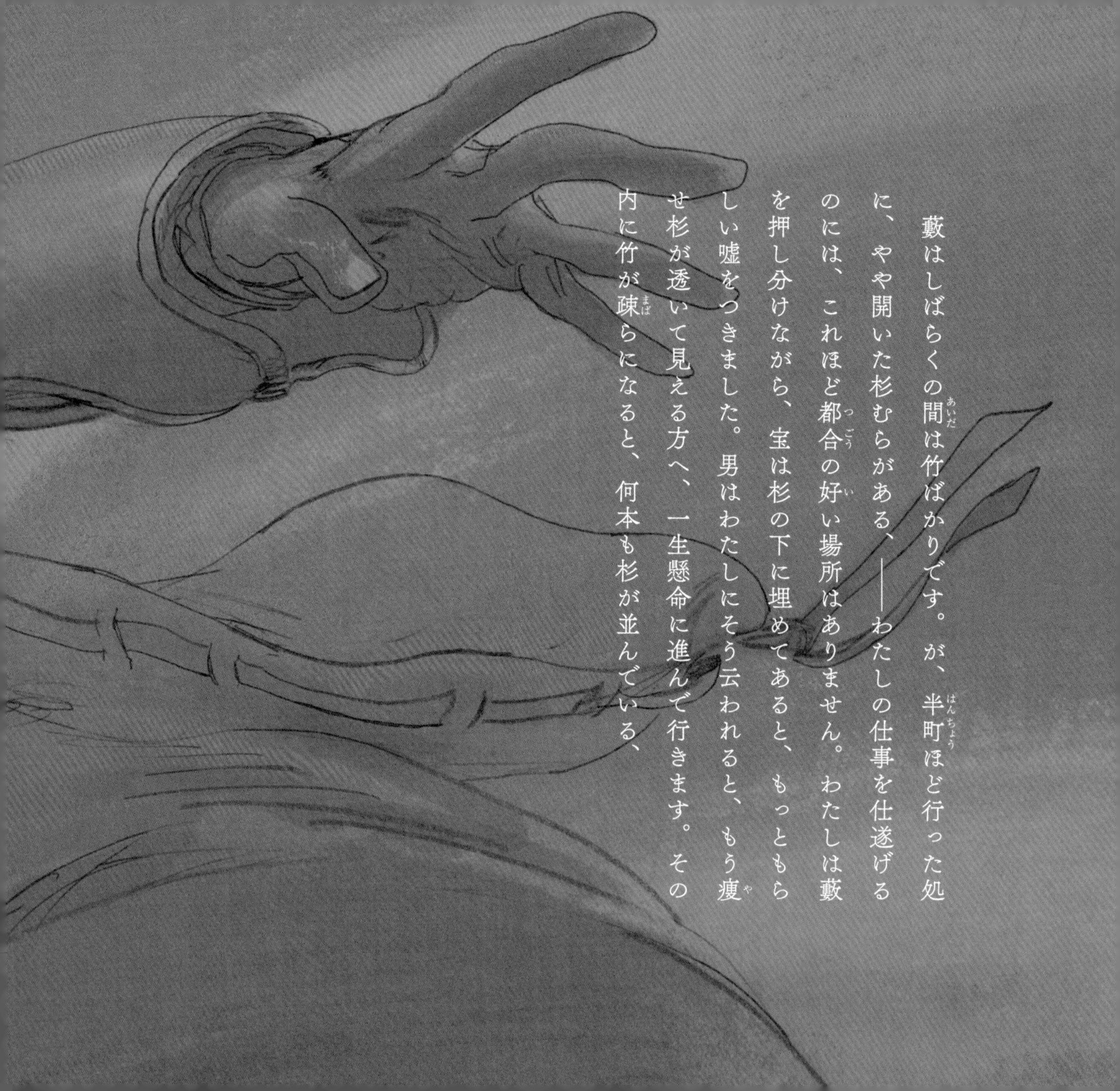

藪はしばらくの間《あいだ》は竹ばかりです。が、半町《はんちょう》ほど行った処に、やや開いた杉むらがある、――わたしの仕事を仕遂げるのには、これほど都合《つごう》の好《い》い場所はありません。わたしは藪を押し分けながら、宝は杉の下に埋めてあると、もっともらしい嘘をつきました。男はわたしにそう云われると、もう痩《や》せ杉が透いて見える方へ、一生懸命に進んで行きます。その内に竹が疎《まば》らになると、何本も杉が並んでいる、

——わたしはそこへ来るが早いか、いきなり相手を組み伏せました。

男も太刀を佩《は》いているだけに、力は相当にあったようですが、不意を打たれてはたまりません。たちまち一本の杉の根がたへ、括《くく》りつけられてしまいました。縄《なわ》ですか？　縄は盗人《ぬすびと》の有難さに、いつ塀を越えるかわかりませんから、ちゃんと腰につけていたのです。勿論声を出させないためにも、竹の落葉を頬張《ほおば》らせれば、ほかに面倒はありません。

わたしは男を片附けてしまうと、今度はまた女の所へ、男が急病を起したらしいから、見に来てくれと云いに行きました。これも図星《ずぼし》に当ったのは、申し上げるまでもありますまい。女は市女笠《いちめがさ》を脱いだまま、わたしに手をとられながら、藪の奥へはいって来ました。ところがそこへ来て見ると、男は杉の根に縛《しば》られている、――女はそれを一目見るなり、いつのまに懐《ふところ》から出していたか、きらりと小刀《さすが》を引き抜きました。わたしはまだ今までに、あのくらい気性の烈《はげ》しい女は、一人も見た事がありません。

もしその時でも油断していたらば、一突きに脾腹《ひばら》を突かれたでしょう。いや、それは身を躱《かわ》したところが、無二無三《むにむざん》に斬り立てられる内には、どんな怪我《けが》も仕兼ねなかったのです。が、わたしも多襄丸《たじょうまる》ですから、どうにかこうにか太刀も抜かずに、とうとう小刀《さすが》を打ち落しました。いくら気の勝った女でも、得物がなければ仕方がありません。わたしはとうとう思い通り、男の命は取らずとも、女を手に入れる事は出来たのです。

男の命は取らずとも、――そうです。わたしはその上にも、男を殺すつもりはなかったのです。所が泣き伏した女を後《あと》に、藪の外へ逃げようとすると、女は突然わたしの腕へ、気違いのように縋《すが》りつきました。しかも切れ切れに叫ぶのを聞けば、あなたが死ぬか夫が死ぬか、どちらか一人死んでくれ、二人の男に恥《はじ》を見せるのは、死ぬよりもつらいと云うのです。いや、その内どちらにしろ、生き残った男につれ添いたい、――そうも喘《あえ》ぎ喘ぎ云うのです。わたしはその時猛然と、男を殺したい気になりました。（陰鬱なる興奮）

こんな事を申し上げると、きっとわたしはあなた方より残《ざん》酷《こく》な人間に見えるでしょう。しかしそれはあなた方が、あの女の顔を見ないからです。殊にその一瞬間の、燃えるような瞳《ひとみ》を見ないからです。わたしは女と眼を合せた時、たとい神《かみ》鳴《なり》に打ち殺されても、この女を妻にしたいと思いました。

妻にしたい、――わたしの念頭《ねんとう》にあったのは、ただこう云う一事だけです。

これはあなた方の思うように、卑《いや》しい色欲ではありません。もしその時色欲のほかに、何も望みがなかったとすれば、わたしは女を蹴《け》倒《たお》しても、きっと逃げてしまったでしょう。男もそうすればわたしの太刀《たち》に、血を塗る事にはならなかったのです。が、薄暗い藪の中に、じっと女の顔を見た刹那《せつな》、わたしは男を殺さない限り、ここは去るまいと覚悟しました。

しかし男を殺すにしても、卑怯《ひきょう》な殺し方はしたくありません。わたしは男の縄を解いた上、太刀打ちをしろと云いました。（杉の根がたに落ちていたのは、その時捨て忘れた縄なのです。）男は血相《けっそう》を変えたまま、太い太刀を引き抜きました。と思うと口も利《き》かずに、憤然とわたしへ飛びかかりました。

——その太刀打ちがどうなったかは、申し上げるまでもありますまい。わたしの太刀は二十三合目《ごうめ》に、相手の胸を貫きました。二十三合目に、——どうかそれを忘れずに下さい。わたしは今でもこの事だけは、感心だと思っているのです。わたしと二十合斬り結んだものは、天下にあの男一人だけですから。(快活なる微笑)

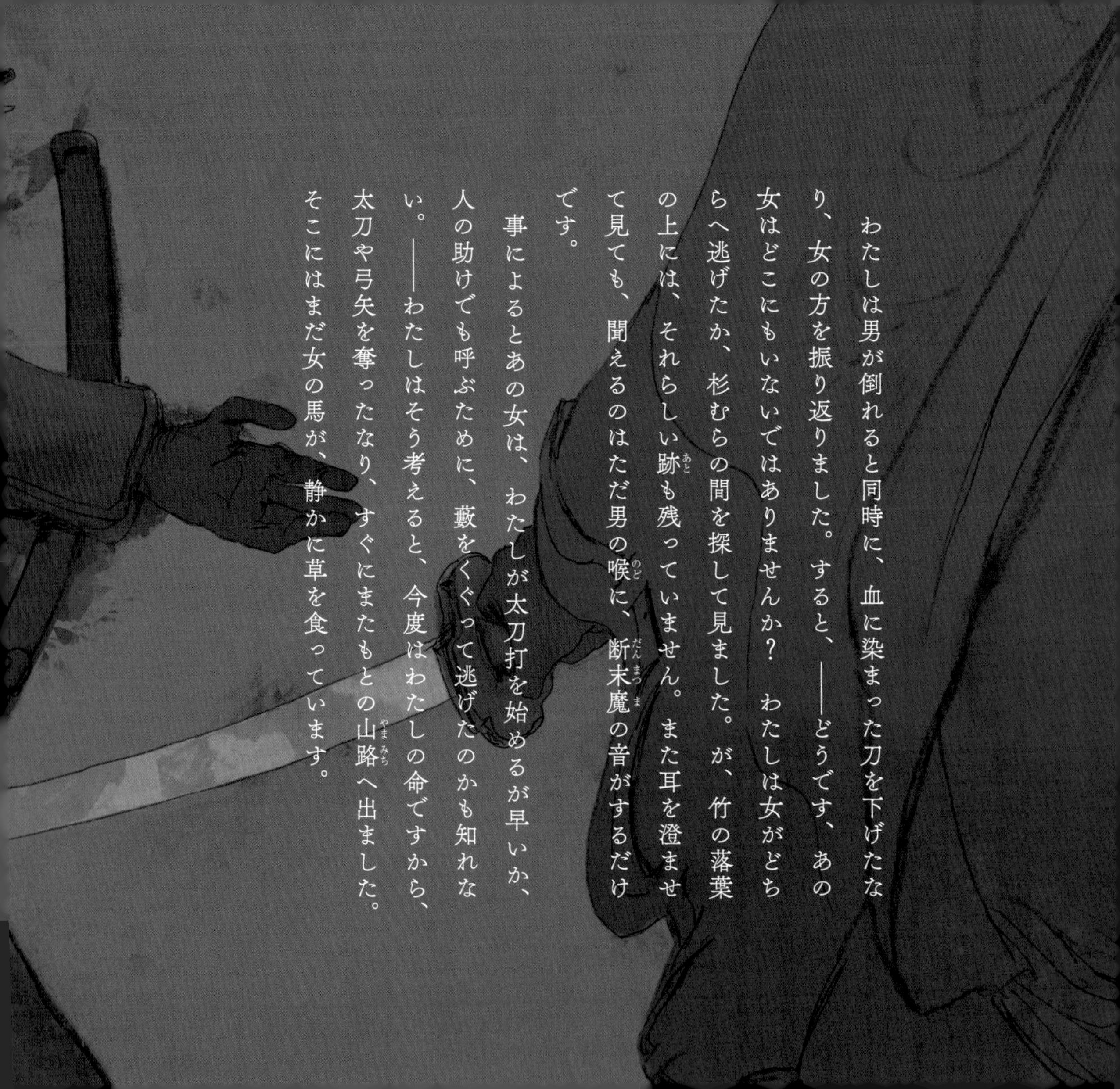

わたしは男が倒れると同時に、血に染まった刀を下げたなり、女の方を振り返りました。すると、——どうです、あの女はどこにもいないではありませんか？　わたしは女がどちらへ逃げたか、杉むらの間を探して見ました。が、竹の落葉の上には、それらしい跡《あと》も残っていません。また耳を澄ませて見ても、聞えるのはただ男の喉《のど》に、断末魔《だんまつま》の音がするだけです。

事によるとあの女は、わたしが太刀打を始めるが早いか、人の助けでも呼ぶために、藪をくぐって逃げたのかも知れない。——わたしはそう考えると、今度はわたしの命ですから、太刀や弓矢を奪ったなり、すぐにまたもとの山路《やまみち》へ出ました。そこにはまだ女の馬が、静かに草を食っています。

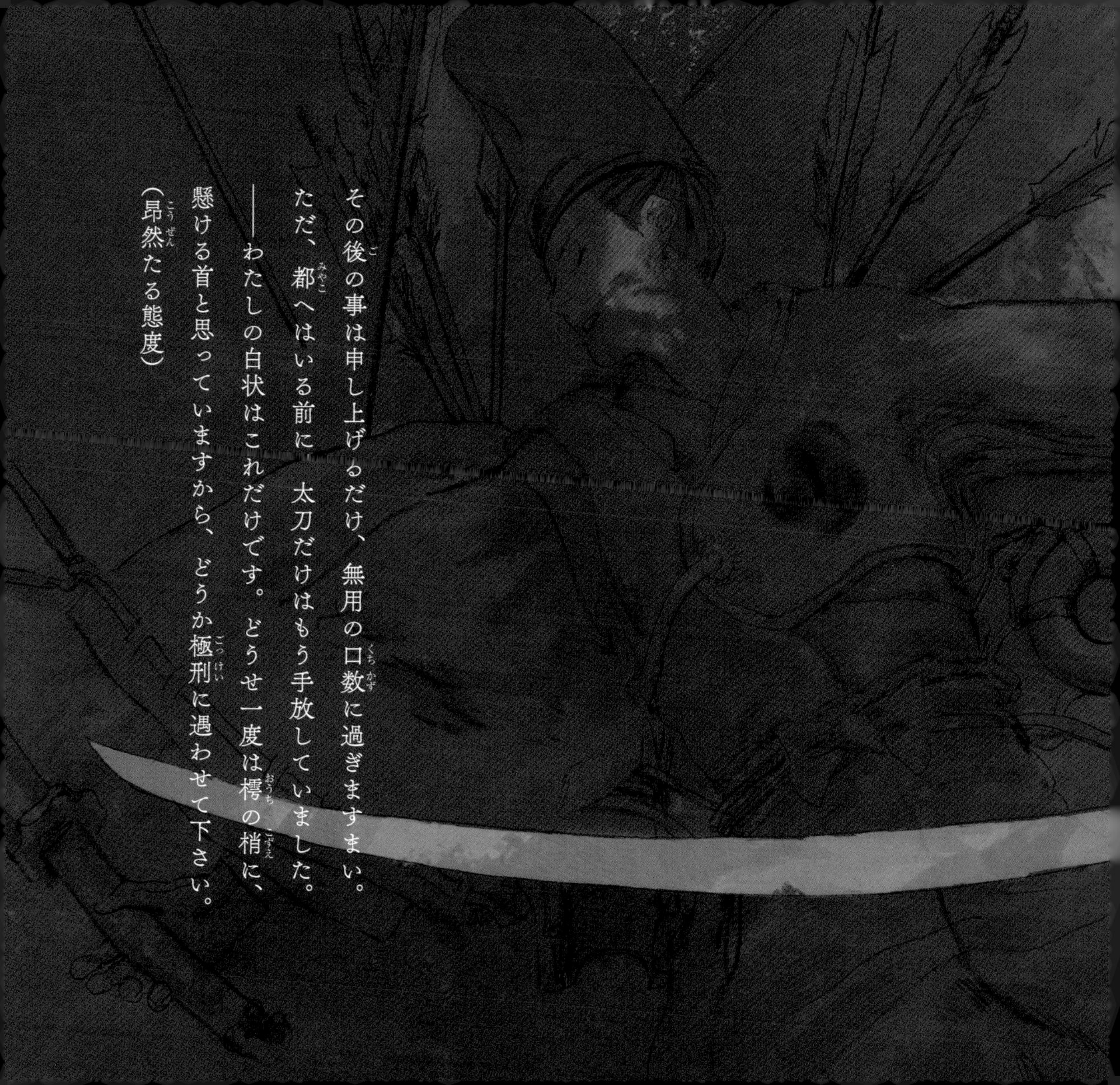

その後《ご》の事は申し上げるだけ、無用の口数《くちかず》に過ぎますまい。
ただ、都《みやこ》へはいる前に、太刀だけはもう手放していました。
――わたしの白状はこれだけです。どうせ一度は樗《おうち》の梢《こずえ》に、
懸ける首と思っていますから、どうか極刑《ごっけい》に遇わせて下さい。
（昂然《こうぜん》たる態度）

清水寺に来れる
女の懺悔《ざんげ》

――その紺《こん》の水干《すいかん》を着た男は、わたしを手ごめにしてしまうと、縛られた夫を眺めながら、嘲《あざけ》るように笑いました。夫はどんなに無念だったでしょう。が、いくら身悶《みもだ》えをしても、体中《からだじゅう》にかかった縄目《なわめ》は、一層ひしひしと食い入るだけです。わたしは思わず夫の側へ、転《ころ》ぶように走り寄りました。いえ、走り寄ろうとしたのです。しかし男は咄嗟《とっさ》の間《あいだ》に、わたしをそこへ蹴倒しました。ちょうどその途端《とたん》です。わたしは夫の眼の中に、何とも云いようのない輝きが、宿っているのを覚《さと》りました。何とも云いようのない、――わたしはあの眼を思い出すと、今でも身震《みぶる》いが出ずにはいられません。口さえ一《いち》言《ごん》も利《き》けない夫は、その刹那《せつな》の眼の中に、一切の心を伝えたのです。

しかしそこに閃《ひらめ》いていたのは、怒りでもなければ悲しみでもない、——ただわたしを蔑《さげす》んだ、冷たい光だったではありませんか？

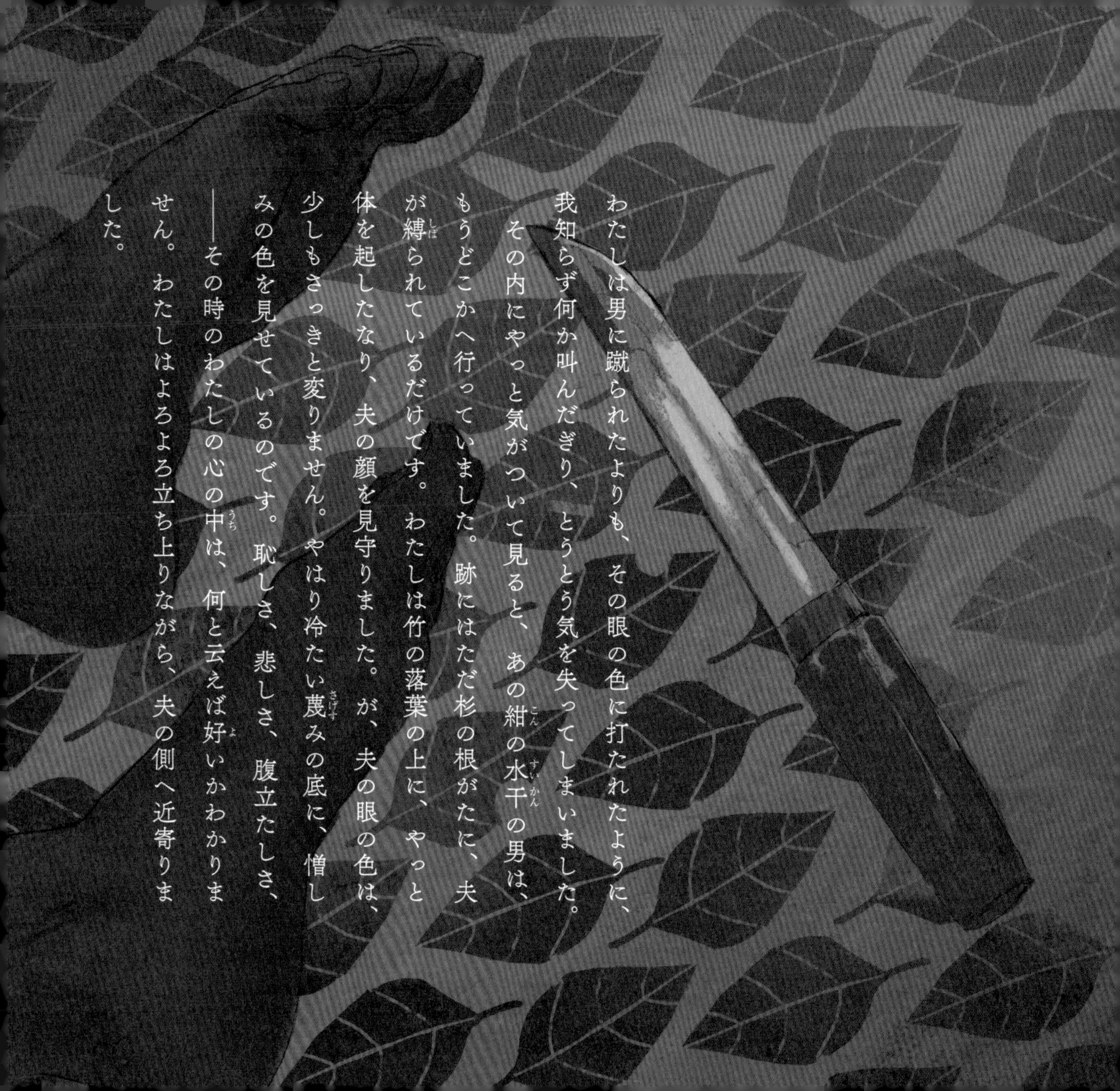

わたしは男に蹴られたよりも、その眼の色に打たれたように、我知らず何か叫んだぎり、とうとう気を失ってしまいました。その内にやっと気がついて見ると、あの紺《こん》の水干《すいかん》の男は、もうどこかへ行っていました。跡にはただ杉の根がたに、夫が縛《しば》られているだけです。わたしは竹の落葉の上に、やっと体を起したなり、夫の顔を見守りました。が、夫の眼の色は、少しもさっきと変りません。やはり冷たい蔑《さげす》みの底に、憎しみの色を見せているのです。恥しさ、悲しさ、腹立たしさ、――その時のわたしの心の中《うち》は、何と云えば好《よ》いかわかりません。わたしはよろよろ立ち上りながら、夫の側へ近寄りました。

「あなた。もうこうなった上は、あなたと御一しょには居られません。わたしは一思いに死ぬ覚悟です。しかし、――しかしあなたもお死になすって下さい。あなたはわたしの恥《はじ》を御覧になりました。わたしはこのままあなた一人、お残し申す訳には参りません。」

わたしは一生懸命に、これだけの事を云いました。それでも夫は忌《いま》わしそうに、わたしを見つめているばかりなのです。わたしは裂《さ》けそうな胸を抑えながら、夫の太刀《たち》を探しました。が、あの盗人《ぬすびと》に奪われたのでしょう、太刀は勿論弓矢さえも、藪の中には見当りません。しかし幸い小刀《さすが》だけは、わたしの足もとに落ちているのです。わたしはその小刀を振り上げると、もう一度夫にこう云いました。

「ではお命を頂かせて下さい。わたしもすぐにお供します。」

夫はこの言葉を聞いた時、やっと唇《くちびる》を動かしました。勿論口には笹の落葉が、一ぱいにつまっていますから、声は少しも聞えません。が、わたしはそれを見ると、たちまちその言葉を覚りました。夫はわたしを蔑んだまま、「殺せ。」と一言《ひとこと》云ったのです。わたしはほとんど、夢うつつの内に、夫の縹《はなだ》の水干の胸へ、ずぶりと小刀《さすが》を刺し通しました。

わたしはまたこの時も、気を失ってしまったのでしょう。やっとあたりを見まわした時には、夫はもう縛られたまま、とうに息が絶えていました。その蒼ざめた顔の上には、竹に交《まじ》った杉むらの空から、西日が一すじ落ちているのです。わたしは泣き声を呑みながら、死骸《しがい》の縄を解き捨てました。そうして、――そうしてわたしがどうなったか？　それだけはもうわたしには、申し上げる力もありません。とにかくわたしはどうしても、死に切る力がなかったのです。小刀《さすが》を喉《のど》に突き立てたり、山の裾の池へ身を投げたり、いろいろな事もして見ましたが、死に切れずにこうしている限り、これも自《じ》慢《まん》にはなりますまい。（寂しき微笑）わたしのように腑甲斐《ふがい》ないものは、大慈大悲の観世音菩薩《かんぜおんぼさつ》も、お見放しなすったものかも知れません。しかし夫を殺したわたしは、盗人《ぬすびと》の手ごめに遇ったわたしは、一体どうすれば好《よ》いのでしょう？　一体わたしは、――わたしは、――（突然烈しき歔欷《すすりなき》）

巫女《みこ》の口を借りたる死霊の物語

——盗人《ぬすびと》は妻を手ごめにすると、そこへ腰を下したまま、いろいろ妻を慰め出した。おれは勿論口は利《き》けない。体も杉の根に縛《しば》られている。が、おれはその間《あいだ》に、何度も妻へ目くばせをした。この男の云う事を真《ま》に受けるな、何を云っても嘘と思え、——おれはそんな意味を伝えたいと思った。しかし妻は悄然《しょうぜん》と笹の落葉に坐ったなり、じっと膝へ目をやっている。

それがどうも盗人の言葉に、聞き入っているように見えるではないか？　おれは妬《ねたま》しさに身悶《みもだ》えをした。が、盗人はそれからそれへと、巧妙に話を進めている。一度でも肌身を汚したとなれば、夫との仲も折り合うまい。そんな夫に連れ添っているより、自分の妻になる気はないか？　自分はいとしいと思えばこそ、大それた真似も働いたのだ、――盗人はとうとう大胆《だいたん》にも、そう云う話さえ持ち出した。

盗人にこう云われると、妻はうっとりと顔を擡《もた》げた。おれはまだあの時ほど、美しい妻を見た事がない。しかしその美しい妻は、現在縛られたおれを前に、何と盗人に返事をしたか？　おれは中有《ちゅうう》に迷っていても、妻の返事を思い出すごとに、嗔恚《しんい》に燃えなかったためしはない。妻は確かにこう云った、——「ではどこへでもつれて行って下さい。」（長き沈黙）

妻の罪はそれだけではない。それだけならばこの闇《やみ》の中に、いまほどおれも苦しみはしまい。しかし妻は夢のように、盗人に手をとられながら、藪の外へ行こうとすると、たちまち顔色《がんしょく》を失ったなり、杉の根のおれを指さした。

「あの人を殺して下さい。わたしはあの人が生きていては、あなたと一しょにはいられません。」——妻は気が狂ったように、何度もこう叫び立てた。

「あの人を殺して下さい。」——この言葉は嵐のように、今でも遠い闇の底へ、まっ逆様《さかさま》におれを吹き落そうとする。一度でもこのくらい憎むべき言葉が、人間の口を出た事があろうか？　一度でもこのくらい呪わしい言葉が、人間の耳に触れた事があろうか？　一度でもこのくらい、——（突然迸《ほとばし》るごとき嘲笑《ちょうしょう》）その言葉を聞いた時は、盗人さえ色を失ってしまった。「あの人を殺して下さい。」——妻はそう叫びながら、盗人の腕に縋《すが》っている。盗人はじっと妻を見たまま、殺すとも殺さぬとも返事をしない。

——と思うか思わない内に、妻は竹の落葉の上へ、ただ一蹴りに蹴倒《けたお》された、（再《ふたた》び迸るごとき嘲笑）盗人は静かに両腕を組むと、おれの姿へ眼をやった。「あの女はどうするつもりだ？　殺すか、それとも助けてやるか？　返事はただ頷《うなず》けば好《よ》い。殺すか？」——おれはこの言葉だけでも、盗人の罪は赦《ゆる》してやりたい。（再び、長き沈黙）

妻はおれがためらう内に、何か一声《ひとこえ》叫ぶが早いか、たちまち藪の奥へ走り出した。盗人も咄嗟《とっさ》に飛びかかったが、これは袖《そで》さえ捉《とら》えなかったらしい。おれはただ幻のように、そう云う景色を眺めていた。

盗人は妻が逃げ去った後《のち》、太刀《たち》や弓矢を取り上げると、一箇所だけおれの縄を切った。「今度はおれの身の上だ。」——おれは盗人が藪の外へ、姿を隠してしまう時に、こう呟《つぶや》いたのを覚えている。その跡はどこも静かだった。いや、まだ誰かの泣く声がする。

おれは縄を解きながら、じっと耳を澄ませて見た。が、その声も気がついて見れば、おれ自身の泣いている声だったではないか？（三度《みたび》、長き沈黙）

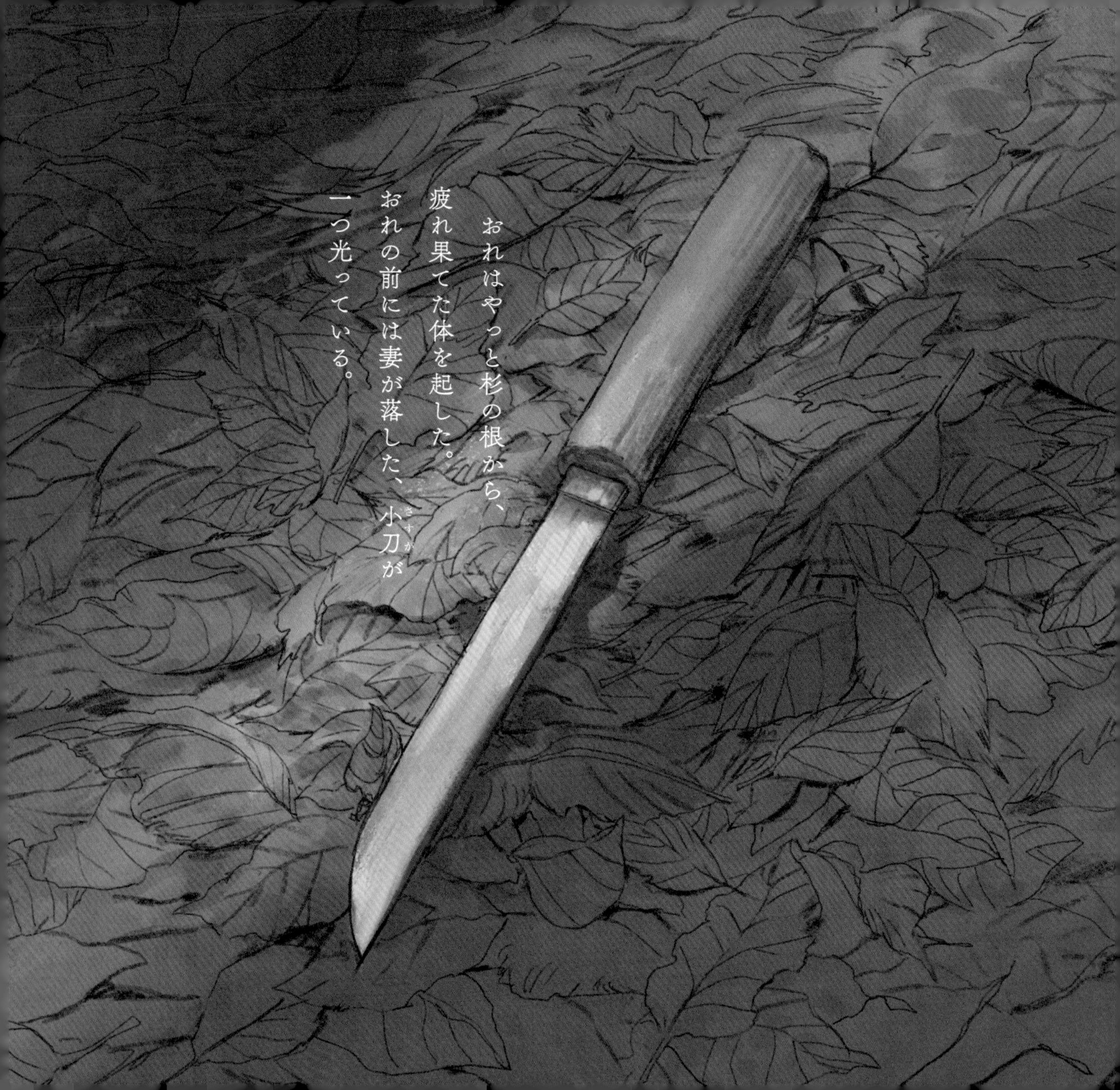

おれはやっと杉の根から、
疲れ果てた体を起した。
おれの前には妻が落した、小刀《さすが》が
一つ光っている。

おれはそれを手にとると、一突きにおれの胸へ刺《さ》した。何か腥《なまぐさ》い塊《かたまり》がおれの口へこみ上げて来る。が、苦しみは少しもない。ただ胸が冷たくなると、一層あたりがしんとしてしまった。

ああ、何と云う静かさだろう。

この山陰《やまかげ》の藪の空には、小鳥一羽囀《さえず》りに来ない。ただ杉や竹の杪《うら》に、寂しい日影が漂《ただよ》っている。日影が、――それも次第に薄れて来る。――もう杉や竹も見えない。おれはそこに倒れたまま、深い静かさに包まれている。

その時誰か忍び足に、おれの側へ来たものがある。

おれはそちらを見ようとした。が、おれのまわりには、いつか薄闇《うすやみ》が立ちこめている。

誰か、――その誰かは見えない手に、そっと胸の小刀《さすが》を抜いた。

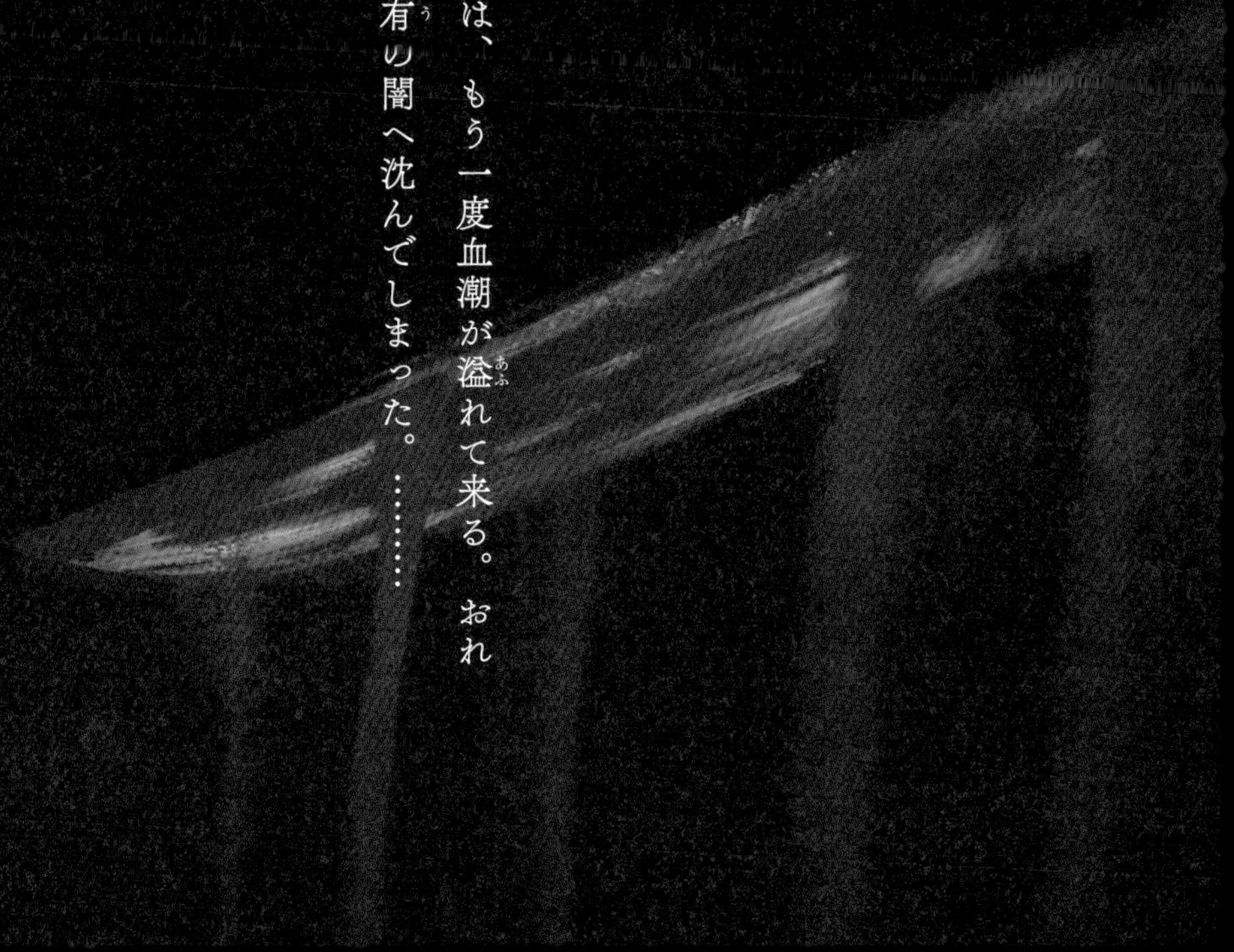

同時におれの口の中には、もう一度血潮が溢《あふ》れて来る。おれはそれぎり永久に、中有《ちゅうう》の闇へ沈んでしまった。……

※本書には、現在の観点から見ると差別用語と取られかねない表現が含まれていますが、原文の歴史性を考慮してそのままとしました。

乙女の本棚シリーズ

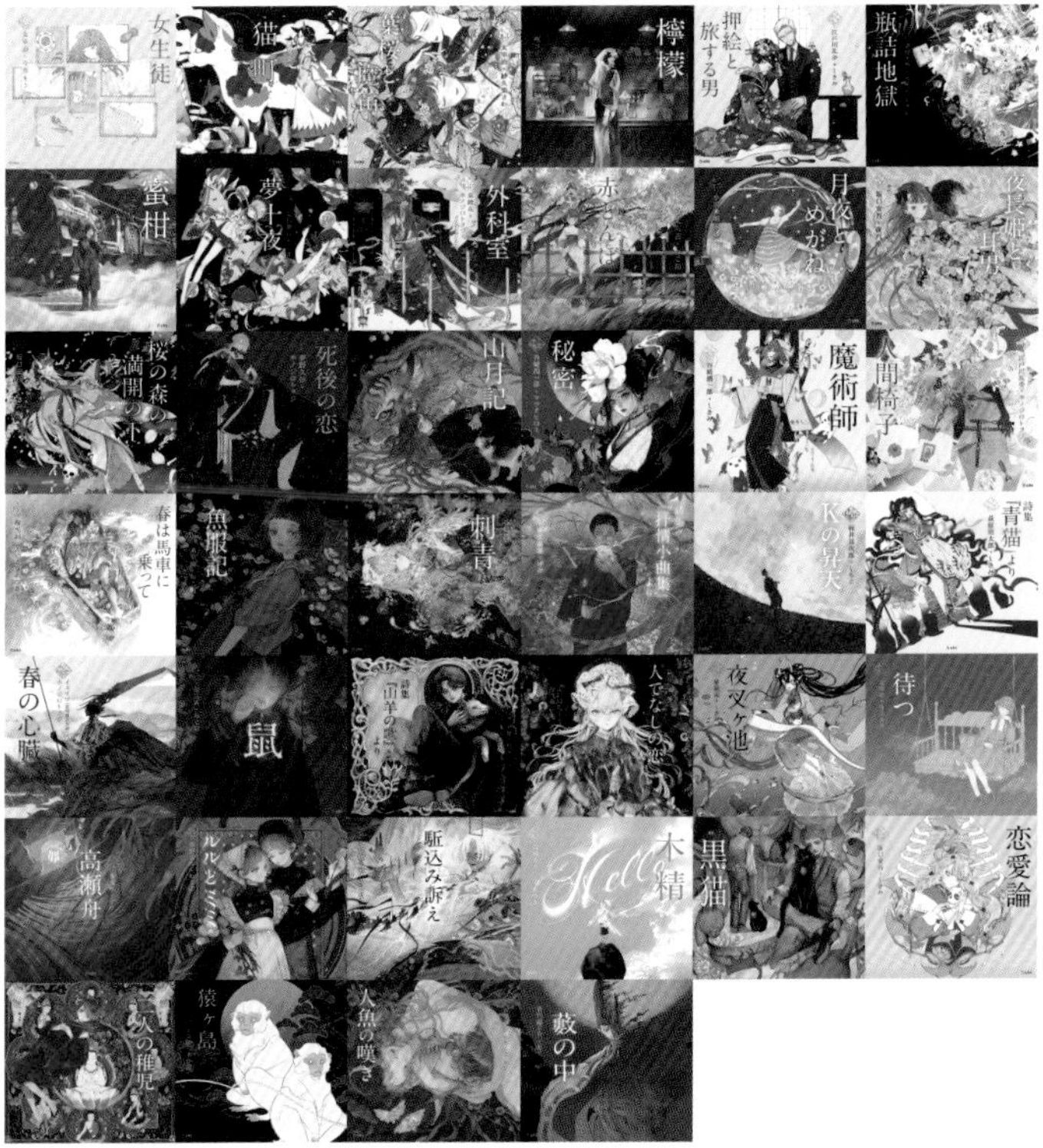

［左上から］

『女生徒』太宰治＋今井キラ／『猫町』萩原朔太郎＋しきみ
『葉桜と魔笛』太宰治＋紗久楽さわ
『檸檬』梶井基次郎＋げみ
『押絵と旅する男』江戸川乱歩＋しきみ
『瓶詰地獄』夢野久作＋ホノジロトヲジ
『蜜柑』芥川龍之介＋げみ／『夢十夜』夏目漱石＋しきみ
『外科室』泉鏡花＋ホノジロトヲジ
『赤とんぼ』新美南吉＋ねこ助
『月夜とめがね』小川未明＋げみ
『夜長姫と耳男』坂口安吾＋夜汽車
『桜の森の満開の下』坂口安吾＋しきみ
『死後の恋』夢野久作＋ホノジロトヲジ
『山月記』中島敦＋ねこ助
『秘密』谷崎潤一郎＋マツオヒロミ
『魔術師』谷崎潤一郎＋しきみ
『人間椅子』江戸川乱歩＋ホノジロトヲジ
『春は馬車に乗って』横光利一＋いとうあつき
『魚服記』太宰治＋ねこ助
『刺青』谷崎潤一郎＋夜汽車
『詩集『抒情小曲集』より』室生犀星＋げみ
『Kの昇天』梶井基次郎＋しらこ
『詩集『青猫』より』萩原朔太郎＋しきみ
『春の心臓』イェイツ（芥川龍之介訳）＋ホノジロトヲジ
『鼠』堀辰雄＋ねこ助
『詩集『山羊の歌』より』中原中也＋まくらくらま
『人でなしの恋』江戸川乱歩＋夜汽車
『夜叉ヶ池』泉鏡花＋しきみ
『待つ』太宰治＋今井キラ／『高瀬舟』森鷗外＋げみ
『ルルとミミ』夢野久作＋ねこ助
『駈込み訴え』太宰治＋ホノジロトヲジ
『木精』森鷗外＋いとうあつき
『黒猫』ポー（斎藤寿葉訳）＋まくらくらま
『恋愛論』坂口安吾＋しきみ
『二人の稚児』谷崎潤一郎＋夜汽車
『猿ヶ島』太宰治＋すり餌
『人魚の嘆き』谷崎潤一郎＋ねこ助
『藪の中』芥川龍之介＋おく

全て定価：1980円（本体1800円＋税10%）

『悪魔　乙女の本棚作品集』
しきみ

定価：2420円（本体2200円＋税10%）

藪の中

2024年 7月18日　第1版1刷発行

著者　芥川 龍之介
絵　おく

編集・発行人　松本 大輔
デザイン　根本 綾子(Karon)
協力　神田 岬
担当編集　切刀 匠

発行：立東舎
発売：株式会社リットーミュージック
〒101-0051 東京都千代田区神田神保町一丁目105番地

印刷・製本：株式会社広済堂ネクスト

【本書の内容に関するお問い合わせ先】
info@rittor-music.co.jp
本書の内容に関するご質問は、Eメールのみでお受けしております。
お送りいただくメールの件名に「藪の中」と記載してお送りください。
ご質問の内容によりましては、しばらく時間をいただくことがございます。
なお、電話やFAX、郵便でのご質問、本書記載内容の範囲を超えるご質問につきましてはお答えできませんので、
あらかじめご了承ください。

【乱丁・落丁などのお問い合わせ】
service@rittor-music.co.jp

Printed in Japan　ISBN978-4-8456-4072-0
定価1,980円(本体1,800円+税10%)